1
Artwork: Akiko Kawano
Story: Aki Shikimi
Die Geliebte des Drachenkönigs
Eine Leseratte an der Seite Seiner Majestät

Die Geliebte des Drachenkönigs

INHALT

Tapp
Wie konnte es nur so weit kommen …?
Tapp
Wenigstens dieses Buch …
Tapp
Gnn
… hätte ich wirklich gern gelesen.
Tapp
…
Habe ich dich endlich gefunden.

Kapitel 1

Meine Welt ...
Flapp
... bestand bisher bloß aus einem lichtlosen Keller ...
... und dem Inhalt von Büchern.
Hier kommt die Prinzessin des Wildschwein-clans!
Hier kommt die Prinzessin des Hundeclans!
Hier kommt die rinzessin des atzenclans!
Hier kommt die Prinzessin des Hasenclans!

Und zu guter Letzt ...
... kommt hier die Prinzessin des Rattenclans, Prinzessin Ruiying!
Zuck
ぴこっ
...
Dieses Land ...
... heißt »Land der Dreizehn Zweige«.

Das Reich des Drachenclans befindet sich im Himmel.
Es besteht aus dreizehn Gebieten, die je von einem der dreizehn Tierclans beherrscht werden.
Seit vielen Tausend Jahren hat dabei der »Drachenclan« die höchste Stellung inne und herrscht über sie alle.
Dieses turmhohe Schloss ist der »Drachenpalast«.
Er ist umgeben von üppiger Natur und befindet sich auf einer einsamen, im Himmel schwebenden Insel.
Bereits seit einigen Tagen sind auf dieser schwebenden Insel des mächtigen Drachenclans ...
... die Prinzessinnen der stolzen Vertreter der Tierclans zu Gast.
Diese Mädchen wurden geschickt ...
... auf dass sich der König des Drachenclans, der »Drachenkönig«, in eine von ihnen verlieben möge.
Es ist die Brautschau der Dreizehn Zweigfamilien.
Was für eine Plackerei ...

Die Wahl der Königin für den Drachenkönig also ...?
Das ist für alle eine wirklich große Sache ...
Prinzessin Ruiying!
Die Teegesellschaft wird in Kürze beginnen!
Bitte zieht dieses Kleid hier an!
... Lanlan ...
Bamm
Nein!
Bumm
D... Das gibt Ärger!!!
Ich werde schon keinen Ärger kriegen.
A... Aber ...!

E... Egal wie sehr Ihr es auch verabscheut, Prinzessin Ruiying ...
... aber dieses Mal werde ich Euch zwingen, das zu tragen!
Schließlich bin ich Eure oberste Kammerzofe!!!
Ach ja ...?
Aber all die Jahre warst du doch meine einzige Kammerzofe, Lanlan.
Schock
Das stimmt ...
D... D... Das ist doch bloß eine Redewendung!
...
Lanlan.
Wenn ich an dieser Teegesellschaft der anderen Prinzessinnen teilnehme, bedeutet das doch bloß, dass ich mich ihnen unterordne.
Warum sollte ich an einer Teegesellschaft teilnehmen, bei der die anderen Prinzessinnen sich bloß selbst lobpreisen?
Das Bankett der Gastgeber des Drachenclans ist an einem anderen Tag.
Reicht es nicht, wenn ich daran teilnehme?
A... Aber ...
... ich wurde auch von den Kammerzofen der anderen Prinzessinnen darum gebeten, dass Ihr teilnehmt.
Wühl
Wühl
Aber was ... Was tut Ihr da ...
Da ist es ...
Oh!
Prinzessin Ruiying ...?
Zerr

Schwank
Schwank
Ky... Kyaaah !!!
Kyaaa ...
Flatter
Was ?!
Nicht doch! Diese Roben sind ...
Rattenflucht
Prinzessin Ruiying?!
Wo wollt Ihr denn hin?!
Blitz-Kleider-tausch
Prinzessin Ruiying!!!

Lanlan ist immer so ungeduldig.
Dreizehn potenzielle Bräute für nur einen König …
… da stört es sicher niemanden, wenn eine nicht mitmacht.
Spinks
Spinks
Hm …?
Oje!
Was?
Husch
Ihr hat die Rattenprinzessin also auch abgesagt?
Hat diese Rattenprinzessin keine Freunde …
… oder warum will sie sich mit niemandem zum Tee treffen?
Aber wer freundet sich auch schon mit einer **Ratte** an …
Ah ha ha
Ugh …
Sind sie weg …?
Ich habe keine Lust, in irgendeinen Konflikt verwickelt zu werden.
Mir reicht es völlig, wenn ich die Launen des Drachenclans verstehe.
Andernfalls wäre ich erst gar nicht hergekommen.

Freiheit ...
Wenn ich schon die Freiheit habe hinauszugehen ...
Ah!
... Ich muss **sie** ja auch noch finden ...

Am Ende des Ganges rechts …
Am Ende des Ganges rechts …
Hier!
Hier ist es!
Quietsch

* Altes japanisches Längenmaß. Entspricht knapp 1,60 m.

Da sich ihre Siedlungen unterirdisch befinden, sehen sie nur selten das Licht der Sonne.
Aus diesem Grund ist ihre Haut sehr hell und ihre Haarfarbe eher fahl.
Sie sind die »schwächste« der Dreizehn Zweigfamilien.
Doch sie sind auch neugierig, wissbegierig …
… und listig.
Heute machen wir die erste Besichtigung.
Wenn ich nicht aufpasse, werde ich noch entdeckt.
So hat es der oft belächelte Rattenclan geschafft, bis heute zu überdauern.

Doch Ruiying, die Prinzessin des Rattenclans, ist noch viel neugieriger als die anderen ...
Wenn ich meinen Wissensdurst nicht stillen kann, muss ich wohl sterben !!!
... und zwar so neugierig, dass sie damit prahlen kann.
Dieses Buch wurde doch nur im Bezirk des Pferdeclans veröffentlicht ...
Und das hier ist ein Geschichtsbuch des Affenclans!
Dass sie sogar dieses Buch haben ...
Summ
Das hier ist wirklich die beste Sammlung aller Tierclans ...
Die Bibliothek des Drachenpalasts ...!!!
Die Bibliotheken im Bezirk des Rattenclans reichen ihr nicht mehr.
Mit anderen Worten: Es war nie ihr Ziel ...
... die Braut des Drachenkönigs zu werden ...

… sie wollte sich lediglich heimlich in diese Bibliothek schleichen.
Haaach … Bin ich glücklich …

Endlich konnte ich Mutter und Vater überreden mich herzuschicken. Und jetzt kann ich in die Bibliothek des Drachenclans …
Heute werde ich noch viel mehr Bücher lesen als gestern!
Hm …?
Das ist das einzige Werk … … das stark in Mitleidenschaft gezogen ist …?
Hm …
Was das wohl für ein Buch ist …?
Gnn

Zuck
?!
Quiii
Das darf nicht wahr sein?!
Jemand ist herein-gekommen ...?!
Husch
Hmpf

Tapp
Tapp
Tapp
Wie konnte es nur so weit kommen ...?
Drück
Ah! Wenigstens ...
... dieses Buch hätte ich wirklich gerne gelesen ...!!!
Tapp
Zerr

...?
Ah!
Du bist doch ...
Was?!
Welch außerwelt-lich schöne Gestalt ...

Tatsäch-
lich!
Er ist vom
Drachenclan
...?!
Habe ich
dich endlich
gefunden.
Fyuuu
Was
...?

Pack
ぎくゅ…

?!
Pff
Was …
… macht der denn ?!
Plötzlich sieht dein Gesicht ja ganz anders aus, meine Schöne.
Schöne … ?!
Bitte zieht mich doch nicht so auf … !
Es war nicht meine Absicht, dich aufzuziehen.
Du bist ganz ohne Zweifel …
… meine Gefährtin.
Was?
Ge…
Ge-fährtin … ?!
Grins
Was soll das denn bedeu-ten?!

Halt, halt, halt! Ganz ruhig bleiben.
Diese Person und ich sind uns doch eben zum ersten Mal begegnet ...!!!
Wir sind noch nicht einmal Bekannte, geschweige denn Liebhaber. Wieso würde er da ...
... so etwas ...?!
Ah!
Genau! Das Bankett der Gastgeber des Drachenclans!
Pling
Lanlan meinte, heute sei das Bankett ...
... deshalb wollte sie auch, dass ich meine Suche heute früher beende!!!
Bi... Bitte verzeiht mir, aber ich habe leider noch etwas vor!
Wäret Ihr so freundlich, mich loszulassen?!
Ah ...
Verstehe.
Wenn das so ist ...
Dmpf
Streich
Streich
Verneig
U... Und weg hier!
Zusch
Du ...

Ich werde kommen, um dich zu holen.
Stopp
Und dann werde ich dir nicht erlauben, zu fliehen.
Tapp

Herrje!!!
Ihr!
Wo wart Ihr denn bloß?!
Das Bankett beginnt in Bälde!!! Bitte zieht Euch schnell um!
...
So fühlt sich also ein Beutetier, das von einem Raubtier erblickt wurde ...
Hetz
Hetz
......
Heieiei! Wer war das bloß ...?
Vielleicht war dieser Mann ja ...?
Nein! Er gehörte auf jeden Fall zum Drachenclan.
Also die Ge... Gefährtin von jemandem aus dem Drachenclan? Kurz gesagt eine Braut, oder ...?
Vielleicht war es doch nur ein Scherz ...
Ha ha ...
Ja ...

Ihr seid wunderschön, Prinzessin Ruiying!
Kyah
Kyah
Wedel
Wedel
...
Danke, Lanlan.
Hach ...
Der Drachenclan ist der stärkste Tierclan.
Aber die werden ja wohl auch Scherze machen ... oder?
Wenn nicht, hätten sie doch keinen Grund, dem schwachen Rattenclan so etwas zu sagen ...
Am besten vergesse ich es einfach ...
Schließlich ...
... beginnt jetzt das Bankett voller natürlicher Feinde ...

S... So viel Parfüm ...
Hm?
Ist Ruiying gar nicht da?
Kling
Agh ...!
Lange nicht gesehen, Prinzessin Monfa.
Seid ge-grüßt.
Was für ein Zufall, Euch hier zu treffen.

* Anspielung auf die Legende zur Entstehung der chinesischen Tierkreiszeichen.

Was soll das nur für ein Bankett sein ...?
Prinzessin Monfa?
Dieses Bankett ist wirklich schlicht in Anbetracht der Tatsache, dass der Drachenclan ...
... es ausrichtet.
Oh ...
Wusstet Ihr es denn nicht, Ruiying?
Beim Bankett des Drachenclans ...
Seine Majestät, der Drachenkönig!!!
Kling
Kling
Kling
!

Kling
Kling
Kling
Dmpf
Hm?

?!
Sie sind alle ohnmäch...
Was ...?!
Ugh ...
U... Uh ...
Prinzessin Monfa?!
Keuch
Keuch
Keuch

Wuooo
ビリ
Zitter
Moment mal ...
Diese Person dort ...
ビリ
Zitter
...
Hm ...

Er schaut hierher!
Ssst
Hm?
Tapp
Tapp
Mo...
Tapp
Nicht doch! Warum
...
... bewegen sich meine Füße denn nicht?!
Kommt nicht näher ...!
Ssst

Ich komme, um dich zu holen.
Meine geliebte Gefährtin.
Was soll das bedeuten …?
Diese Person …
Dieses Mitglied des Drachenclans, das ich in der Bibliothek traf …
… ist Seine Majestät, der erhabene König des Drachenclans …?!
Im »Drachenpalast« lebt der erhabenste Tierclan der dreizehn Zweigländer.

Von allen Tierprinzessinnen, die zur Brautscha versammel worden waren ...
... erwartete man von der niedrigsten, der Rattenprinzessin Ruiying, am wenigsten.
Doch nach dieser Begegnung ...
... die aus ihrer unerschöpflichen und unvergleichlichen Neugierde heraus geboren wurde ...
... sollte sich das Leben dieses Mädchens von Grund auf ändern ...

Die Geliebte des Drachenkönigs

Eine Leseratte an der Seite Seiner Majestät

Ich komme, um dich zu holen.
Meine geliebte Gefährtin.

Ähm, Sekunde ...
Also ...!!
Ssst
Wie lautet dein Name?
Tpp
Ah!
I...
Ich heiße Ruiying ... Majestät.

Ruiying?
Was für ein schöner Name.
Ah ha ha ...
Tpp
Tpp
!
Zuck
Tpp
Tpp
Tpp
König Yawen!!
König Yawen, seid Ihr sicher ...
... dass diese Person ...
... Eure Gefährtin ist?
Hm ...

Ganz recht, Shinni.
Ruiying allein ...
... wird meine Gattin.
Ich ... verstehe. Ich frage mich bloß, ob die Tatsache ...
... dass Ihr eine Gefährtin aus einem anderen Clan erwählt habt ...
... gut ist oder nicht?
Ähm ...
Oh, entschuldigt bitte.
Ich gehöre zum Gefolge von König Yawen. Mein Name ist Shinni.
Freut mich, Eure Bekanntschaft zu machen.
So tief!
A... Ah!
Bitte hebt Euren Blick wieder.

Ich stamme aus dem niedrigen Rattenclan.
Ich verdiene die Höflichkeit des werten Drachenclans nicht!
Nicht doch. Wenn Ihr die Gefährtin des werten Yawen werdet, ist das etwas anderes ...
...
Prinzessin Ruiying ... Kennt Ihr etwa nicht ...
... die Bräuche und Traditionen des Drachenclans ...?
N... Nein?

Kapitel 2

Haaach ...
Fühlt Ihr Euch nicht wohl, Prinzessin Ruiying?
Danke, Lanlan. Alles in Ordnung.
Gestern Abend ...
Was sollte das bloß ...?
Und das vor all den Leuten ...
Gefährtin? Was soll das heißen ...?
Gnn

Seit ich hergekommen bin, ist schon so viel passiert. Wer weiß, was noch kommt ...
Was sind das nur für Gerichte?
Happ
L... Lecker ...
Mampf
Mampf
Na ja ...
Seitdem ist bereits ein Tag vergangen ...
... und bisher hat sich noch nichts merklich verändert.
Aber das Essen ist lecker.
Vielleicht war das alles doch nur ein Traum ...
Esst Ihr etwa solch einfache Speisen, Prinzessin Ruiying?

Hibbel Hibbel
Reicht Euch eine so kleine Menge?
↑ Prinzessin Monfa stellt einfach ihre Speisen hier ab.
Also ...
Ich bin nun mal sehr klein und bewege mich nicht so viel, da ist das kein Problem ...
Ja, wirklich? Das ist ja schade.
Übrigens, Prinzessin Ruiying.
Wegen gestern Abend ...
Fiep!

Ja ...
Was denn ...?
Dann war es wohl doch kein »Traum« !!!
Wenn ich mich richtig erinnere, war sie gestern nicht bewusstlos.
Was mache ich nur? Wenn sie etwas über mein Gespräch mit dem Drachenkönig gehört hätte ...
... wäre das unangenehm.
Die Brautschau der Dreizehn Zweigfamilien ...
Prinzessin Ruiying ...
... ich könnte mir vorstellen, dass Ihr Euch nicht besonders gut mit dem Drachenclan auskennt.
Da dachte ich, ich bringe Euch ein wenig bei.

* Besondere Gabe des Drachenclans, die eigene Ausstrahl zu steuern und geschickt für sich einzuset

Wenn ich ihr jetzt sage, dass ich nichts davon bemerkt habe, schaufle ich mir nur mein eigenes Grab ...
Hätte man mir das nicht erklärt, hätte ich es wohl einfach erzählt ... Das wäre gefährlich ...
Wir vom Drachen-clan ...
... sind stolz darauf, unter den Tierclans der stärkste Clan zu sein.

Stärken und Schwächen zeigen sich nicht nur in der rohen Kraft, sondern auch im Haki.
Wird man von diesem Haki getroffen, fallen die Schwächeren umgehend in Ohnmacht.
So wie es bei dem Bankett eben der Fall war.
Ich verstehe …
Das heißt, dass die anderen Prinzessinnen aufgrund des außergewöhnlich großen Haki Seiner Majestät des Drachenkönigs ohnmächtig wurden.
Deshalb wurden auch keine Speisen für das Bankett vorbereitet.
Hm?
Die Schwachen also …?
Nun, dann hätte ich vom schwachen Rattenclan auch davon betroffen sein müssen …
Ganz recht …
Auch Ihr hättet vom Haki des werten Yawen getroffen werden müssen.

Der Grund, warum dies nicht der Fall war ...
... ist, dass Ihr seine »Gefährtin« seid!
Uwah ...?
Ssst
Das frage ich mich jetzt schon eine Weile ...
... was genau ...
... ist denn eine »Gefährtin«?
Grins

Meine Glückwünsche!
Ihr wurdet von Seiner Majestät, dem Drachenkönig, zu seiner »Braut« erwählt.
Was ?!
Bitte kümmert Euch gut um den werten Yawen.
Kann ich dem …
… irgendwie entgehen …?!
…

Das ist wirklich ernst ... (ganz objektiv betrachtet)
Wegen des Vorfalls fürchtet sich nun die Hälfte der Tierprinzessinnen vor dem Drachenkönig.
Viele von ihnen werden höchstwahrscheinlich heimkehren.
Das macht es viel leichter, unnötigen Konflikten aus dem Weg zu gehen!
Na ja, Ihr habt wohl sowieso eher schlechte Heiratsaussichten, nicht wahr?
Ja, sicher ...
Das war also der Grund für den ganzen Aufruhr im hinteren Palast, bis es gestern plötzlich so still wurde?
Es muss hart für Euch gewesen sein, von den anderen Prinzessinnen fortgejagt zu werden.
Ja, ganz recht!
Ich als Tochter des Katzenclans bin den Prinzessinnen der anderen Tierclans jedoch weit überlegen.
Begeistert
Den Prinzessinnen der anderen Tierclans ...

Grundsätzlich ...
... können nur drei Tierclans dem Haki des Drachenkönigs standhalten.
Und zwar der Katzenclan, der Hundeclan und der Hasenclan.
Früher oder später werden also alle Prinzessinnen außer diesen drei heimkehren.
Schließlich sollte die Königin ihrem König begegnen können, ohne dabei in Ohnmacht zu fallen.
Da hat sie natürlich recht.
Es macht die Sache kompliziert, wenn man jedes Mal ohnmächtig wird, wenn man sich trifft.
Ich kann mir zwar kaum vorstellen, dass der Drachenkönig wirklich deprimiert ist, aber ...
Vielleicht denkt er letztlich so etwas wie: »Ach, das schon wieder.«
Schon wieder ohnmächtig.
Na ja, war ja klar.
Der Katzen- und der Hundeclan haben seit jeher eine hohe Resistenz, das ist nur natürlich.
Ist das beim Hasenclan anders?

Von nun an wird es also drei Fraktionen geben, die im hinteren Teil des Palastes einen stillen Krieg führen …
Der Katzenclan.
Der Hundeclan.
Und der Hasenclan.
Das sind die drei Clans, die beim Bankett bei Bewusstsein geblieben sind.
Aber der Hasenclan …
… ist doch wie der Rattenclan eher von niedrigem Rang, oder?
Der Hasenclan stand schon immer in engem Kontakt zum Drachenclan und hat sich diese Fähigkeit daher angeeignet.
Aus diesem Grund hat sie sich auch in der Vergangenheit schon einige Male herzitieren lassen.
Genau. Schließlich sieht sie ja auch so fragil aus.
So sind die vom Hasenclan nämlich …
Deshalb wird die Hasenprinzessin also so gelobt!
Auch, um so die Gunst des Drachenclans zu gewinnen!
Dieser Clan ist wirklich dreister, als er aussieht.

Wirklich absolut schamlos ...!
Es ist wirklich vulgär, selbst wenn sie den Segen des Drachenclans haben wollen!
Pamm
!!
Denn wenn man die Braut des Drachenkönigs wird ...
... wird der eigene Tierclan reich gesegnet!!
Aber diese Methode ist wirklich niederträchtig!!!
Fauch
!!!
Na, na ...

Ähm, was genau ist denn dieser Segen?
Haaah ... Haaah ...
Funkel
ギロリ
Schock
ビクッ
Stimmt ja. Ihr kennt Euch mit dem Drachenclan wirklich nicht gut aus, was?
Wird man als Braut des Drachenkönigs erwählt ...
... kann das Gebiet der Königin, solange diese Königin ist ...
... in Sicherheit leben.
Sicherheit ...?

Ja, in Sicherheit.
Beispielsweise ist das Land besonders fruchtbar und wird mit vielen Kindern gesegnet.
Es ist wirklich wundervoll.
Bei Getreide und anderen Nahrungsmitteln sind die Erträge mehr als doppelt so hoch wie üblich.
Deshalb also ...
Deshalb wollen alle so dringend Königin werden.
Wenn der Segen so wertvoll ist ...
... frage ich mich, warum der Rattenclan bisher nicht die Initiative ergriffen und Prinzessinnen entsandt hat.
Liegt das Gebiet des Drachenclans einfach zu weit weg?
Um sich an das Haki des Drachenclans zu gewöhnen, muss man sich häufig mit ihm treffen.
Wenn man einem niederen Tierclan angehört, muss man das sogar besonders häufig tun.
Verstehe!

Rck
Rck
Rck
Rck
Vermutlich dachten sie sich, dass sich die Arbeit für den höchst effizienten Rattenclan nicht lohne.
Sicher ist es besser, das Land emsig zu bestellen.
Ihr ...
... seid aber wirklich gut informiert, Monfa.
Damit habt Ihr mir sehr geholfen.
Klirr
Bling
Ah!

Pack
Stimmt genau!
Und es gibt noch sooooo viel mehr ...
... was ich Euch bei- bringen will!!!
Also, haltet Euch nicht zurück! Fragt alles, was Ihr wissen wollt!!!
Los !!!
Mist!

Ich hätte Monfas Redseligkeit nicht auch noch befeuern sollen ...
Haaach ...
Wank
Ah ...
Es stimmt natürlich, dass ich diejenige war, die mehr über den Drachenclan wissen wollte.
Und das nach gestern ... Da ist so ein langes Gespräch echt anstrengend ...
Hach ... Woher hat Monfa bloß diese Energie ...?
Raschel
Vielleicht, weil sie so viel isst ...? Liegt es daran ...?

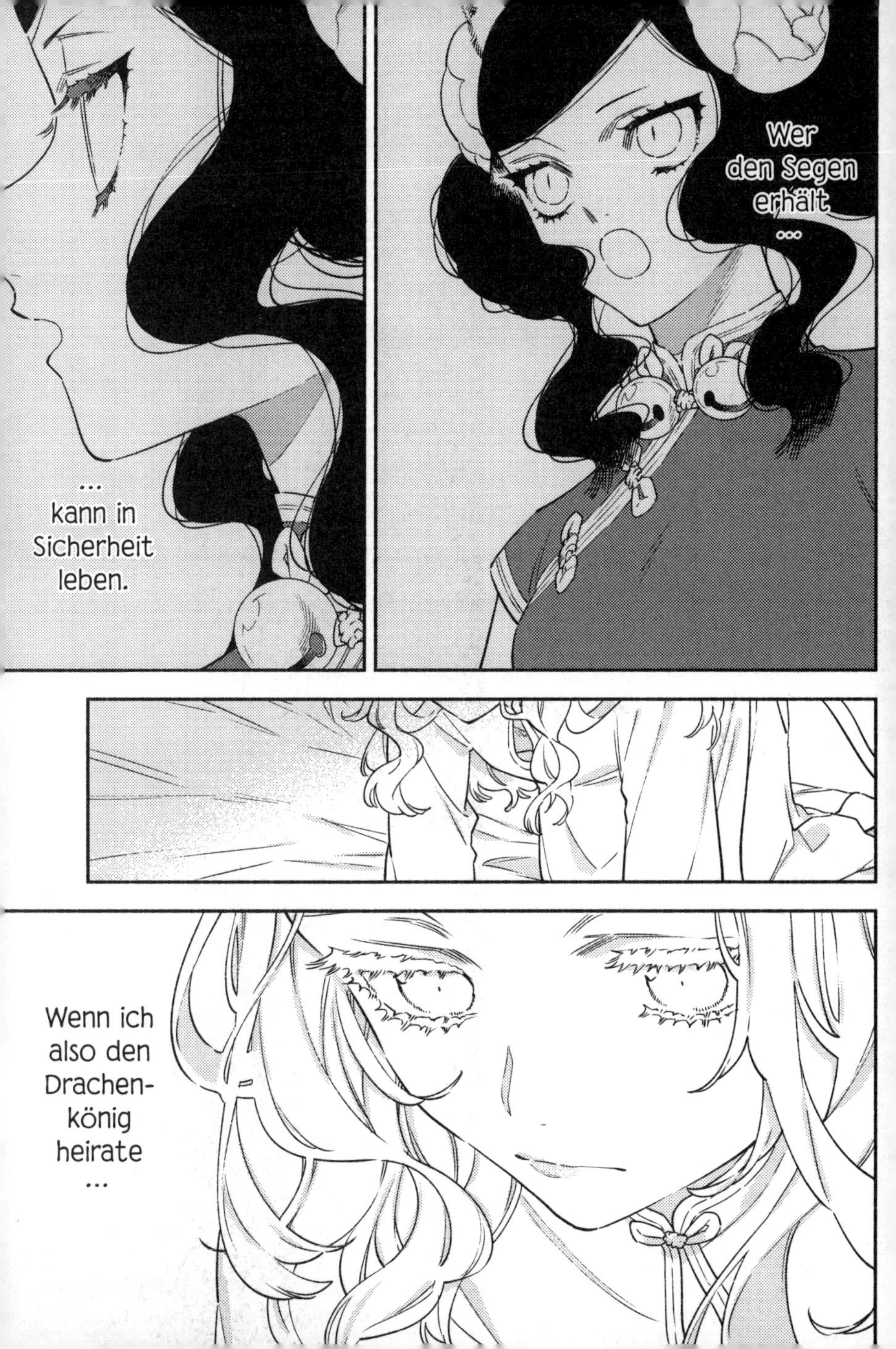
Wer den Segen erhält ...
... kann in Sicherheit leben.
Wenn ich also den Drachen-könig heirate ...

Wäre er dann wohl bereit dazu …
… mir diesen Segen …
… ohne Gegenleistung zukommen zu lassen …?

Haben wir etwa wirklich das Glück ...
... diesen Segen zu empfangen?
König Yawen.
Stimmen die Gerüchte, dass Ihr Euch Eure Gefährtin aus einem anderen Tierclan ... aus dem Rattenclan erwählt habt?!

Ganz recht.
Gibt es ...
... irgendein Problem damit?

D...
Das ist bedauerlich!
Diese Brautschau war dafür gedacht, dass sich die »Tragödie von vor mehreren Tausend Jahren« nicht wiederholt!
Und trotzdem ...
... habt Ihr hier Eure »Gefährtin« gefunden!!!
Und dann noch aus dem Rattenclan. Hättet Ihr Euch nicht wenigstens ...
... eine andere Prinzessin ...
Schwätz
Schwätz
Sie sollte wirklich nicht die Gemahlin des Königs werden.
Nein, wir können sie nicht in den Drachenclan aufnehmen!
Ruhe !!!
Wenn Ihr zugehört hättet, wäre Euch aufgefallen, was das für ein Unsinn ist ...!

Wollt Ihr König Yawen etwa vorschreiben ...
... dass er seine Gefährtin fallen lassen soll, weil er der König ist?
Welch albernes Geschwätz!
Wenn das der Fall ist, lasst mich Euch etwas ganz deutlich sagen.
Wenn Ihr damit meint, dass Ihr den Drachenkönig und seine Gefährtin voneinander trennen wollt ...
... dann werdet Ihr ab heute ebenso getrennt von Euren Gefährtinnen leben ...
W... Was meint Ihr damit ...?!

Anfänglich hatte auch ich meine Zweifel in Anbetracht unseres Brauches, dem Drachenkönig keine Gefährtin zu geben.
Auch wenn so die Wiederholung der Tragödie verhindert werden soll ...
... so wäre bis zu seinem Tode doch ein Loch in seinem Herzen, wenn er nicht bei seiner Gefährtin sein kann.
Begreift Ihr die Einsamkeit, die dies bedeuten würde?
...
Ganz wie ich dachte.
Eine derartige Diskussion ist hier und an diesem Ort ...
... absolut sinnlos.

Was ...
Die werte Meiyui ist zurückgekehrt ...
So was ...
Auch wenn es Euch missfällt, dass er sie gefunden hat, müssen wir erwägen, sie anzuerkennen ...
Es ist ja nicht so, als hätte noch nie ein Drachenkönig seine Gefährtin gefunden.
Seine Partnerin stammt aus dem Rattenclan. Allein aus diesem Grund klagt Ihr doch über die Situation.
Wirklich erbärmlich.
Schock
Muster
Meiyui ...

Es ist lange her, Eure Königliche Hoheit.
Es freut mich, Euch wieder zu Diensten sein zu können ... Ich grüße Euch von Herzen.
Ich ...
... gratuliere Euch zu den erfreulichen Neuigkeiten.
Hast du sie etwa gerufen?
Ganz recht.
Ich dachte bei mir, dass ich mich dieser Haltung anschließe ...
Und wenn schon darüber gesprochen wird, von der Tradition abzuweichen ...
... wollte ich auch ihr davon erzählen, woraufhin sie gleich hereilte.

Ich bin Eure rechte Hand.
Ich bin jeder-zeit bereit, mit Euch in den Tod zu gehen.
Verstehe ...
Tu, was immer du möchtest.
Ich danke Euch für Euer Ein-verständnis ...
... mein König.

Nun, meine werten Herrschaften!
Oh!
Ich habe mir bereits Gedanken ...
... zur Rattenprinzessin gemacht.

Die Geliebte des Drachenkönigs

Eine Leseratte an der Seite Seiner Majestät

Prinzessin Ruiying?
Ich komme jetzt herein!
Hm?

P.. Prinzessin Ruiying? Wo seid Ihr denn ...
Ist das ein Versteckspiel? Ich werde mich bemühen, Euch zu finden ...!
...
Wo seid Ihr bloß schon wieder hin?!
Prinzessin Ruiying!!!

Kapitel 3

Ah ...!
Oh, das war Lanlans Stimme.
Dieses Buch hatte ich versehentlich aus der Bibliothek mitgenommen ...
Damals dachte ich, es sei einfach ein altes Buch ...
Einige Zeichen ähneln denen des Hundeclans ...
... aber es gibt auch solche, die denen des Drachenclans ähneln ...

Ist das eine unbekannte, alte Sprache …?
Zuck
うず…
Vermutlich ist es eine Vermischung von etwa vier Sprachfamilien …
Ich weiß auch nicht, woher es kommen könnte.
Dieses Buch, das ich nicht lesen kann.
Das sind alles archaische Wörter …
Es gibt aber doch keine Sprache, die in den letzten hundert Jahren entstanden ist …
Vielleicht ist das eine geheime Sprache …
… die früher von den Tierclans wie ein Code benutzt wurde.
Ich bin so aufgeregt, als hätte ich eine Art Schatztruhe vor mir …
… doch mir fehlt der Schlüssel, um sie zu öffnen.
Ah …

Heute sind hier auffallend wenig Leute.
Ich möchte dieses Buch zwar lesen ...
... aber wie es scheint, kennt nur der Rattenclan die Sprache nicht ...
Die einzige Möglichkeit, es zu lesen, war, hierher zu kommen.
Aber ...
Tut mir leid, Lanlan.
Ich will es unbedingt.
Hibbelig
Ich will dieses Buch unbedingt lesen!!!
Etwa zur gleichen Zeit bei Lanlan.
Hier ist sie auch nicht!

Die Bibliothek ...
Irgendwie habe ich ein mieses Gefühl bei dieser Sache ...
Zöger
Was machst du hier, Ruiying?

Komm zu mir.

Natürlich ist er hier ...
...
!
Pack

Ich habe auf dich gewartet ...
Ah, also ...
Seit wann seid Ihr hier?
Seit dem Morgen.
Ich habe mir einen Tisch und einen Stuhl mitgebracht und gearbeitet.
Wart Ihr auch gestern schon hier?
Natürlich.
Ruiying allein ...
... wird meine Gattin.

…
Was ist das für ein Buch, Ruiying?
Ah!
Das ist …
Ich habe es genauso wieder mitgebracht, wie es war, als ich neulich herkam.
Das hast du hier gefunden?
J… Ja.

Ähm ...
Es war das zweite Regalbrett von rechts und von oben.
Ist das so?
...
Ähm ...?

Ruiying.
J... Jawohl!
ちゅ
Schmatz
Du kannst es behalten ...

...
Zack テキ
Zack パキ
Schock
Er hat mich einfach geküsst ...!
Dieses Mal werde ich Widerstand leisten!!
Das habe ich beschlossen!
Fiep ピュー
Gerade weil es der Drachenkönig ist, kann ich gar nicht vorsichtig genug sein!!!
So schnell eine solche Be... Be... Berührung zuzulassen war wirklich ...
... u...
... u...
... unschicklich!!!

おおおおお
Woooo
Und er arbeitet einfach weiter, als wäre nichts gewesen ...
Ich meine ... Bin ich ihm denn nicht total im Weg ...?

Was ist das?
Verstehe.
Ist diese alte Sprache etwa eine des Drachen-clans?
Wieso ...?

...
Ich weiß zwar nicht genau, warum, aber ...
... möchte er etwa, dass ich es lese ...?
Er ist wirklich merkwürdig ...
Badumm
Badumm

Badumm
Ist das sein Herzschlag ...?
Irgendwie bin ich in den letzten Tagen so müde ...
Huaaah
Ruiying ...

Ich bin ...
...?
Was ...?
Ich bin so ...

Fyuuu
Wie schrecklich …
Prinzessin Ruiying …
Heute gab es schon wieder … Hungertote …
…
Ich kann nicht glauben, dass all die überirdischen Felder vertrocknet sind …
Wenn das so weitergeht, wird unser Volk bald den Hungertod sterben …

Was sollen wir jetzt nur tun ...
Patt
Mutter ...!
Lanlan.
Geh mit der Armee in den Wald.
Sammelt die Samen, die dort wachsen, und sichert so Nahrung für uns.
J... Jawohl!
Die anderen werden sich um die Rationierung kümmern ...
Jawohl!
Ruiying.
Tu nie einfach, was man dir vorgibt.

Denk nach.
Dann wird sich dir gewiss ein Weg eröffnen.
... zessin!
Prinzessin Ruiying ...!
Schreck

Fühlt Ihr Euch nicht wohl ...?
Lanlan ...
Alles in Ordnung. Ich bin wohl nur erschöpft ... denke ich ...
Prinzessin Ruiying ...
Grrr
(Magenknurren)
...
Ihr habt wohl Appetit.
Hi hi
Bitte habt noch einen Augenblick Geduld. Ich werde Euch etwas leicht Verdauliches holen.
Vielen Dank.
Bewegt Euch nicht vom Fleck!
Bamm
Jaja.

Tapp
Tapp
Tapp
ギシ
Wupp
Hach ...
Wieso bin ich bloß so erschöpft?
Gestern ...
Taps
Taps
Taps
... war ich in der Bibliothek und traf dort den Drachenkönig.

Gestern
...?
Gnn
Moment ...
Und danach
...
Was habe ich danach gemacht ...?
Prinzessin Ruiying, ich habe Euch Reisbrei gebracht!
Vielen Dank, Lanlan.
Das riecht wunder-bar.
Dampf
Dampf

Das beruhigt mich.
Ihr habt seit gestern Abend nichts mehr gegessen.
Aber wenn Ihr wieder ordentlich essen könnt, kann es nichts Ernstes sein!
Man stirbt auch nicht gleich, wenn man mal ein oder zwei Tage nichts isst.
Damals, als es keine Ernte gab, hat schließlich auch die königliche Familie nichts gegessen.
Weißt du noch, bei der Hungersnot vor zehn Jahren ...?
Ihr habt recht ...

Verglichen mit damals ...
... ist das hier wie das Paradies.
Das stimmt ...
Dank meiner weisen und starken Mutter ...

... unserer Obersten Gelehrten, und dem Pfad, den sie vorgab ...
... war es dem Rattenclan möglich wiederaufzuleben ...
... sodass ich hierher, in das Reich des Drachenclans, kommen konnte.
Wer auch immer die Braut des Drachenkönigs wird ...
... dessen Tierclan wird auch von seinem Segen profitieren.
Ich werde ...
Klopf
Klopf
Hm?
Vielleicht Prinzessin Monfa?
Wer ist dort?

Was ?!
U... Uwah!!!
?!
ガタ
Pamm
ガタ
Pamm
Ich bitte um Verzeihung.

Der Drachen-clan ...?!
Mein Name ist Meiyui.
Und diese beiden hier arbeiten als Kammerzofen im Drachenpalast.
Das sind Linli und Linyu.
Sehr erfreut.
J... Ja ...
Nun ... Wie ...
... kann ich Euch ... weiterhelfen?
Lächel
ニコッ

Herzlichen Glückwunsch zu Eurer Verlobung.
Ich werde Eure ...
... persönliche Dienerin sein und ...
... als Eure persönliche Privatlehrerin arbeiten.
P...
Privat- lehrerin ... ?!

Ruiying
...

Z z z ...
Z z z ...
...
»... so wäre bis zu seinem Tode doch ein Loch in seinem Herzen, wenn er nicht bei seiner Gefährtin sein kann.
Begreift Ihr die Einsamkeit ...
... die dies bedeuten würde?«
Z z z ...
Streich
Wo hattest du dich bloß versteckt, Ruiying?

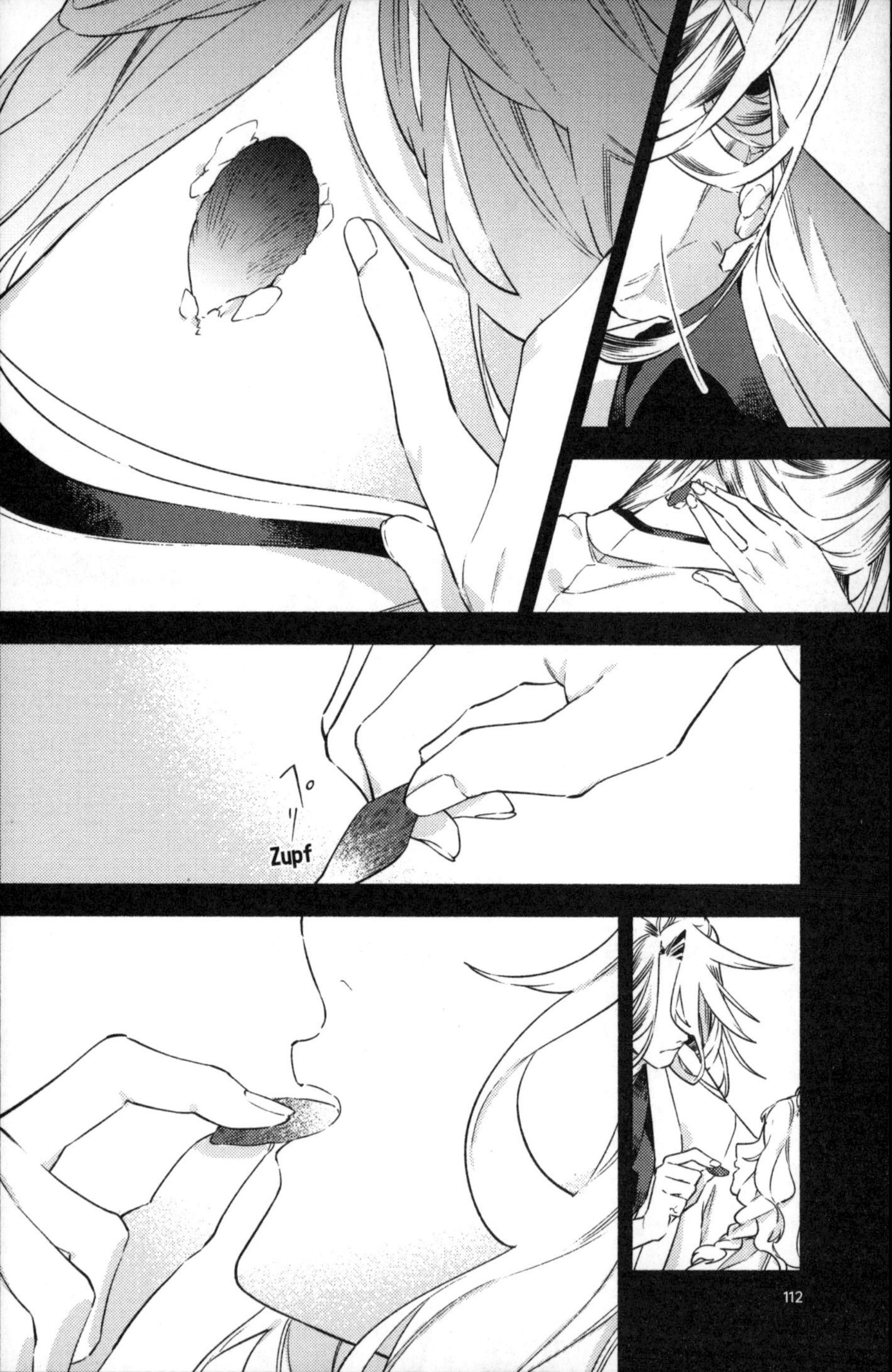
Zupf

Mm ...
Ich habe so lange auf dich gewartet.
Ruiying ...
Nur du sollst meine Braut werden ...

Ich werde dich ...
... unter keinen Umständen verlieren ...

P...
Privat-
lehrerin
...
...
also?
Ganz
genau so
ist es.
Kapitel 4

Wie ich von Shinni hörte … … wisst Ihr noch nicht besonders viel über den Drachenclan, Prinzessin Ruiying.
Das geht natürlich nicht für die zukünftige Gemahlin unseres Drachenkönigs …
Ähm, also …
Wäret Ihr wohl so gut, wirklich ganz vorn anzufangen?
Schwitz
Schwitz
Da ich ja die Braut werde und Ihr die Lehrerin seid … … werde ich sicher schnelle Fortschritte machen.
Verstehe.
Klatsch
Zunächst einmal hat der derzeitige Drachenkönig …
… den Rattenclan …
… den Katzenclan …
… den Hundeclan …
… und den Hasenclan …
… für seine Brautschau erwählt.

Der Grund dafür sollte eigentlich klar sein.
Sie werden seit jeher als die Stärksten aller Zeiten geschätzt, da sie sogar dem Haki des Königs in gewissem Maß widerstehen können.
Es ist jedoch das erste Mal, dass gleich vier Prinzessinnen zur Auswahl stehen.
Daher ...
... hat der König beschlossen, dass die vier Damen im hinteren Palast verbleiben, um ihr Naturell auf die Probe zu stellen.
Ich konnte dieses Haki noch nicht mal ein kleines bisschen spüren ...
Blick
Sie ist auch ohnmächtig geworden ...
Lanlan ...
Da die anderen Damen bereits frühzeitig heimgekehrt sind ...
... erhaltet auch Ihr nun ein Privatgemach, Ruiying.
Was?!
E... Ein Privatgemach?!

Aber das heißt ja ...
Ich werde tatsächlich im hinteren Teil des Palastes wohnen dürfen ...?
Wollt Ihr das damit sagen ...?
Hi hi
Aber selbstverständlich ...
Ich weiß, dass Ihr nicht besonders viele Zofen besitzt, Prinzessin Ruiying, daher habe ich Euch drei zugewiesen.
Klack
Klack
Klack
Nun ... Wie gesagt, wir wollen Euer Naturell beurteilen ...

Prinzessin Ruiying …
… habt Ihr Euch schon Euren neuen »festen Wohnsitz« ausgesucht?
In den friedlichen zwei Tagen …
Ah!
Schach …
… wurde ich also weder ignoriert noch vergessen.
Nun.
Folgt mir bitte.
War stattdessen etwa alles vorbereitet worden, um sicherzustellen, dass ich nicht entkommen kann?
… und matt.

Lieber Vater und liebe Mutter ...
... Eure arme Ruiying ist als Braut-kandidatin erwählt worden.
Kapitel 4

Meine kleine Tochter ist also tatsächlich Anwärterin auf die Stellung als Königin ... – Vater
Sei unbesorgt, wir werden alles zusammenstellen, was eine Braut braucht. – Mutter
Hmpf
PS: Wir bereiten hier alles vor, was du benötigst.
Mach dir nicht zu viele Sorgen, sei du selbst ...
... und bleib gesund.
Wohlig
Mutter ...
Prinzessin Ruiying, können diese Kisten hier drüben hin?
Rappel
Vielen Dank, war das alles?
Jawohl!

Hach ...
Ich glaube, ich sterbe.
Nach dem Umzug hierher seid Ihr sicher müde, Prinzessin Ruiying.
Wartet, ich mache Euch einen Tee.
Fläz
Der Umzug, um den man die vier Prinzessinnen gebeten hatte ...
... war doch recht beschwerlich.
Es schien so, dass die schwierige »Aufteilung der Privatgemächer« ...
... durch die Unterteilung des hinteren Palastes in vier gleiche Teile gelöst wäre.
Doch die Katzenprinzessin ...
... wollte nicht neben der Hasenprinzessin wohnen ...
... und war diesbezüglich sehr stur.
Die Hundeprinzessin beharrte darauf ...
... dass eine solche Beschwerde im Land des Drachenclans ...
... absolut inakzeptabel sei.

Die Diskussion zwischen der Hasenprinzessin und den anderen wurde so hitzig, dass der Drachenclan ihnen Einhalt gebieten musste.
Ruiying hielt sich aus der Sache heraus …
Nörgel
Nörgel
Nörgel
Nörgel
Puffer
Puffer
Zur Bibliothek
Uuuh, die Bibliothek ist schön nah! Was für ein Glück!
Die neutrale Position ist wirklich anstrengend!
Doch selbst wenn …

Echo
ぽつーん
Das ist einfach zu groß.
Da fühle ich mich richtig fehl am Platz.
Der Rattenclan hat eine Vorliebe für schmale und dunkle Räume …
So große, geräumige Orte fühlen sich eindeutig nach einem Wohnsitz des Drachenclans an.
Die Inneneinrichtung ist nicht pompös, jedoch sehr gepflegt.
Ich hatte nicht damit gerechnet, hier so viel Grün zu sehen, das ich auch so gern trage …
Er kennt mich wohl besser, als ich dachte.
Na ja, aber …

Uwah ...!
Schnupper
Aber dieser süße Duft von Grün ist einfach das Beste!

Ich habe mich schon gefragt, wie es wohl hier wäre ...
... aber wider Erwarten war der Umzug gar nicht so übel.
Jetzt, wo ich so darüber nachdenke ...
... war der Geruch, den ich an ihm wahrgenommen habe ...
... der Duft von Grün ...
Was ?!
hreck
ガバッ

Nein, nein!
Nein, nein, nein!
Schwank
W...
Wieso muss mir das hier einfallen?! Ich ...?!
Nein! Nein! Jetzt ist keine Zeit ...
... um den Geruch von Grün zu genießen ...!!!
Sss ...
Haaa ...
Sss ...
Haaa ...
Fyuuu
Hm?

Ist das etwa ...
... ein Kirschblütenblatt?
Bisher habe ich nur Bilder von ihnen gesehen ...
Ich dachte, diese Bäume wachsen nur im heiligen Gebiet im Reich des Fuchsclans ...
Ah!
Ich glaube, er Drachenclan erhielt einst Kirschzweige als Geschenk.
Wusch

Stimmt ja ...
Die Bäume, die im Garten wachsen ...
Als ich in den Drachenpalast kam, hatte ich bloß vor, in die Bibliothek zu gehen ...
... und bald wieder heimzukehren.
Ich ging nicht in den Garten, weil ich mich nicht zu sehr an ihn gewöhnen wollte.
Schluck
Doch nun, wo ich noch eine Weile hier leben werde ...
Da kann ich ...
... mir den Garten doch ruhig ansehen?
Diese Landschaft, wie ich sie noch nie zuvor gesehen habe.
Diese Düfte, wie ich sie nie zuvor gerochen habe.
Badumm
Die Geräusche, die ich noch nie zuvor gehört habe.
Gnnn
Badumm
Badumm
Ich will es kennenlernen ...
... das Unbekannte ...

Prinzessin Ruiying!
Klopf
Klopf
Meiyui ist hier. Darf sie eintreten?
Zuck
H…H…
H…H…
Herein!!!
Katscha
Stimmt etwas nicht?
N…
Nicht doch!

Draußen ist es gefährlich.
Sehne dich nicht danach, Ruiying.
Verdammt ...
Schon wieder meine schlechten Angewohnheiten ...
...
Fyu
Ihr habt ...
... den Garten angesehen, nicht?
Prinzessin Ruiying?
J... Ja.

Derzeit stehen die Kirschen in allen Gärten in voller Blüte.
Die Kirschblüte ist eine Blüte, die recht schnell verwelkt.
Hättet Ihr Lust, einen Spaziergang zu unternehmen?
...!
Glitzer
D...
Dürfte ich mir wohl die Gärten ansehen ...?!
Aber natürlich.

Wollen wir dann ...
... vielleicht nach dem Mittagessen dorthin gehen?
Sehr gerne !!!

Der Kirsch-wald war dem vorletzten Drachenkönig der liebste Ort!
Ganz recht! Auch Seine Majestät der Eiskönig sucht diesen Ort häufig auf!
Ah, ver-stehe.

Oooh!
Seine Majestät der Eiskönig.
Dies ist der Rufname des amtierenden Drachenkönigs
Der König kommt also auch hierher.
Hi hi
Deshalb hing also der Geruch des Grüns an ihm.

Schauder
Mist, jetzt habe ich wieder über den König nachgedacht ...
Wieso ...?
Gefällt es Euch?
!
Ja!
Solch einen herrlichen Anblick sehe ich zum ersten Mal!
Welch Freude.
Die Zahl der Kirschbäume hier übersteigt die Tausend weit.
Seht uch ruhig ründlich um.
Jawohl!
Fyuuu
Von da kommt ein sehr starker Duft ...!
Dort blühen sie icher noch stärker ...!

Rasc
Zusch
Ah!!!
Prinzessin Ruiying!
Wartet bitte!
Nicht!
Nicht so schnell!
Die Blüten laufen Euch doch nicht davooon ...!
Pack
!!

...
Umschau
キョロ
Umschau
キョロ...
W...
Was?
Stille ...
Verdammt ...!
Ich war so verzückt, dass ich gar nicht gemerkt habe, dass ich die anderen abgehängt habe ...!
Lan-la... ?!
Ruiying?

M...
Majestät ...?
Meiyui hat mich davon unterrichtet, dass du herkommen würdest.
Daher habe ich auf dich gewartet ...

Tapp トボ…
トボ… Tapp
…
!
Dieser mächtige Baum wuchs schon, bevor ich auch nur geboren war.
Wie es scheint, ist er sogar unter den Kirschbäumen der älteste.
Was?
Wie alt seid Ihr denn, Majestät?
Hm …
Ich glaube, ich habe dieses Jahr die 500 überschritten …
Mein Alter hat mir noch nie viel bedeutet.

F... Fünfhundert ...
Das ist zehnmal mehr als die Lebenserwartung im Rattenclan ...
Die Lebenserwartung des Drachenclans liegt bei über 1.000 Jahren ... dafür gibt es aber nur selten Geburten.
Das genaue Gegenteil des Rattenclans ...
Hm ...
Vielleicht ist die Welt doch ausgeglichener als gedacht.
Hier entspanne ich mich ...
Hier herrschen die Ruhe und die Naturgeister.
Früher kam ich auch oft hierher, um meine Gedanken zu zerstreuen.
Die ...
... Naturgeister?

Rausch
Die Naturgeister ...
... sind es, die alles in der Natur beleben.
Wir vom Drachenclan können sie sehen. Daher leihen sie uns auch ihre Kräfte.
Doch wir können ihnen nicht befehlen.
Sie sind es auch, die der zukünftigen Braut ihren Segen zukommen lassen.
Sie behandeln uns so gut, weil wir enge Freunde sind.

Ist das der Segen des Drachenkönigs ...?
Weh
Schon merkwürdig, dass sie da sind ...
... obwohl man sie nicht sehen kann.
Ich sehe nichts ...
...

Ruiying ...
... du hältst wohl nichts von unserem Segen, oder?
Diesen Blick sehe ich zum ersten Mal an ihm ...
Dem ... Segen ...?

Diese Augen sind so tief, dass man meint, sich darin ...
... wie in einem Wald verlieren zu können ...
Ich habe vom werten Shinni davon gehört und denke, er wäre wohl recht praktisch ...
... aber ich glaube nicht, dass ich mich darauf verlassen würde.
Nach allem, was ich hörte, wäre das ein großes Risiko für uns ...
... und mein Clan verfügt nicht über die notwendigen finanziellen Mittel.
Wir sind äußerst robust.
Das ist die Besonderheit des Rattenclans.
Das ist mir wirklich unangenehm ...
Wenn wir außerdem ...
... erst einmal abhängig vom Segen des Drachenclans wären ...
... könnten wir danach wohl nicht mehr aus eigener Kraft überleben.

Natürlich würde mein Clan sich freuen, wenn die eigene Prinzessin als Braut erwählt würde.
Wieso fragt er das mit diesem Ausdruck in den Augen?
Es würde sich zwar gewiss mehr als lohnen, Eure Braut zu werden ...
... wenn dadurch weniger hungern oder sogar den Hungertod sterben müssten.
Warum nur ...
... will ich ihm noch tiefer in die Augen schauen?
Aber ...
... es ist seit jeher Grundsatz meines Clans, aus eigener Kraft zu überleben.

Ich fürchte, wir könnten uns zu sehr daran gewöhnen, wenn wir einmal vom süßen Nektar gekostet haben.
Hätten wir je den Segen des Drachenclans erhalten … … hätte sich der Rattenclan sicher nicht so entwickeln können …
Aber …
Ah!
Verzeiht mir bitte meine Geschwätzigkeit …
Schwitz
Schwitz
Fyuuu

Ssst
M... Majestät?
...
König Yawen ...?
Drück
Ja ...

Press
up
Ruiying …
Ich bin nun einmal eigensinnig.
Es macht mir nichts aus, wenn du ablehnst.
Daher …
… antworte mir bitte.
Jawohl …

Möchtest du nicht ...

... mit mir zusammen-leben?

König Yawen ...
Ehrlich gesagt ... ... kenne ich mich ...
... mit Liebe oder Zuneigung ... ... nicht gut aus.
Zudem ...
... kann ich Eure Gründe dafür, mich zu erwählen ... ... nicht verstehen.
Gut.

Jedoch ...
... glaube ich nicht ...
... dass Euer Herz lügt.
Aus diesem Grund ...
... habe ich ...
... gegen eine Verlobung nichts einzuwenden.
Was jedoch meine persönliche Antwort betrifft ...
... möchte ich Euch bitten ...
... noch ...
... ein klein wenig zu warten.
Euren ernsthaften Worten, König Yawen ...
... möchte ich ...
... aufrichtig antworten.

Ich bitte Euch daher ...
... gebt mir die Zeit ...
... Euch richtig kennenzulernen.
Ha ha ha ha!
!
Ich verstehe.

Ich bin sehr froh, dass du meine Gefährtin bist.
J... Ja ...
Wäre es in Ordnung ...
... wenn wir noch etwas so verweilen?
... Das geht doch nicht ...

Es ist alles in Ordnung.
Ruiying ist für den Drachenkönig seine unersetzliche Gefährtin ...
Lassen wir sie ...
Bitte berührt mich nicht zu viel, das macht es so schwer zu lesen!
Das ist leider unmöglich.
... ein wenig Zeit miteinander verbringen.
W... Wieso das denn ...?!
ガーン!!
Schock
...

Kapitel 5

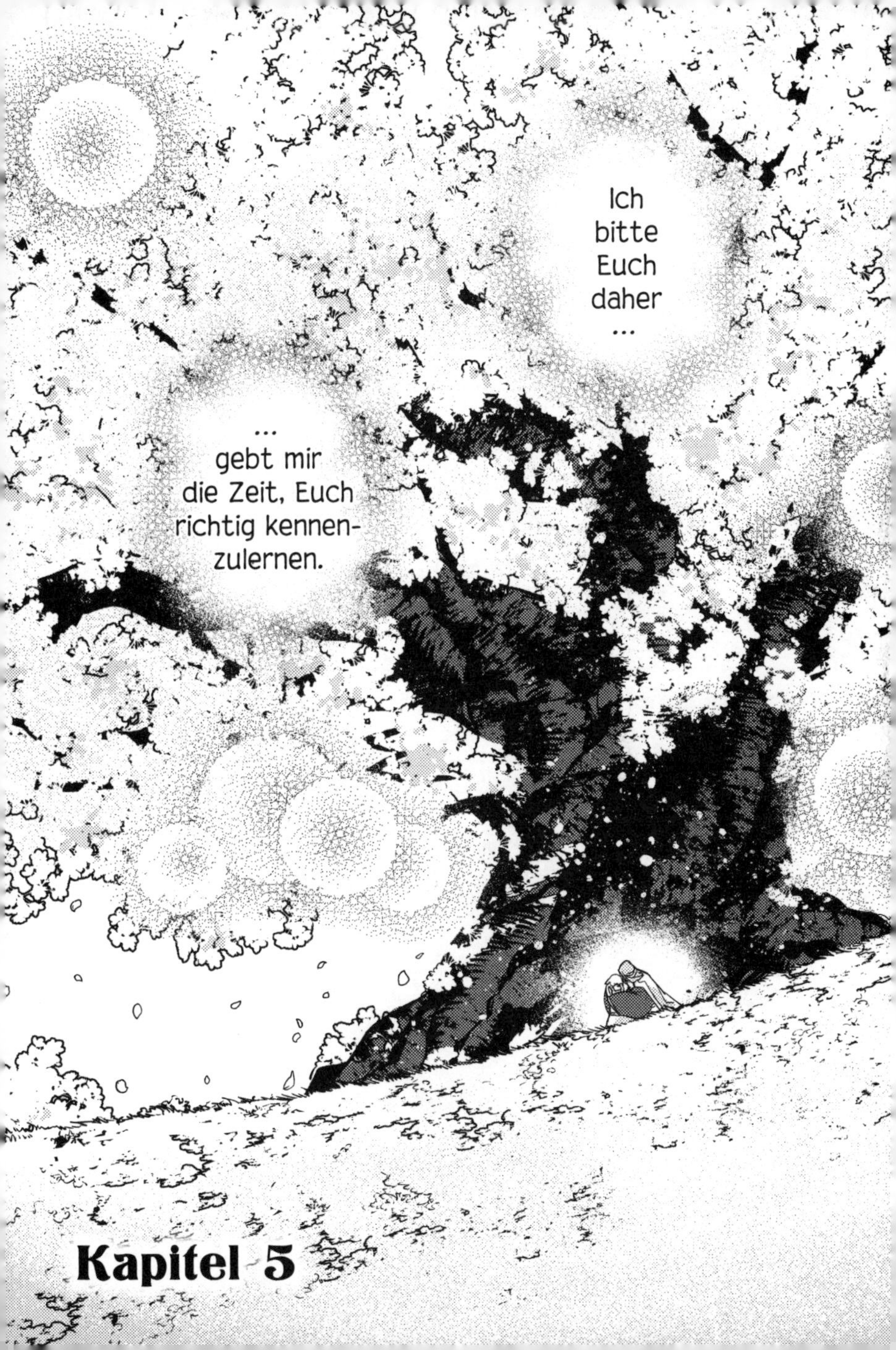
Ich bitte Euch daher ...
... gebt mir die Zeit, Euch richtig kennen-zulernen.

...
König Yawen.
Ihr denkt wohl gerade an das Mädchen, nicht wahr?
...

Es ist natürlich nichts Falsche daran, an di Gefährtin z denken.
Jedoch ...
... denkt bitte hin und wieder auch an Euer Erscheinungsbild.
Ich bin zurück.
ギョッ
Schock
Heute war ich doch sehr überrascht.
Auf Eurem Kopf lagen Kirschblüten, als Ihr zurückkamt.
Schimmer
...
...?
Klopf
Klopf
Ich bin es, Meiyui. Darf ich eintreten?
Komm herein.

Entschuldigt bitte die abendliche Störung.
Ich dachte, ich bringe Euch die heutige Kunde.
Komm ruhig näher.
Was hältst du von Ruiying?
Nun.
Als sie mich erblickte und keine Furcht zeigte, war mir klar ...
... dass sie eindeutig Eure Gefährtin sein muss, König Yawen.
Soweit ich sehen konnte, ist sie eine neugierige und fröhliche Person.
Doch es war nur ein Tag ...
Da ist es schwierig, über ihre wahren Absichten zu urteilen, nicht wahr ...?
Ich verstehe ...

Fürchtest du dich ob der Dinge, die da kommen mögen?
Ah!
!
Nein.
Auf eine andere Weise?
Doch ich bin nun ...
... auf eine andere Weise besorgt.

Vielmehr besorgt mich nun das Folgende ...
Sie hat sich nicht einmal beschwert oder widersetzt.
Nach allem, was man so hört ...
... hat sie ihr Zuhause unter der Erde nur selten verlassen.
Besser gesagt, war es ihr streng verboten, den Untergrund zu verlassen.
Als ich sie heute fragte, ob wir spazieren gehen wollen, leuchteten ihre Augen allein von der Vorstellung hinauszugehen.
Also ... nun ...
Was willst du damit sagen?
Seit Prinzessin Ruiying geboren wurde ...
... war sie vielleicht gerade einmal so oft an der Oberfläche, dass man es an einer Hand abzählen kann.

Dass man es …
… an einer Hand abzählen kann?
Jawohl …
Sie ist zwar in Notsituationen ein paarmal draußen gewesen …
… aber sonst …
Aber Ruiying scheint überaus neugierig zu sein.
Da ist es nicht verwunderlich, wenn sie sich so sehr nach der Außenwelt sehnt.
Ich kann mir gar nicht vorstellen, dass so jemand immer unterirdisch gelebt hat …
…
…
Sicher lauert man schon darauf, dass der schwache Rattenclan herauskommt.

Aber … sechzehn Jahre eingeschlossen unter der Erde zu verbringen …
Das ist sogar für übertriebene Fürsorge etwas zu viel des Guten, nicht wahr?
Das ist alles, was ich dazu sagen kann.
In diesem Fall …
Meiyui.
Warte bitte einen Augenblick.

Auch ich ...
... möchte König Yawen etwas fragen.
Shinni, du möchtest den König ...
... etwas fragen?
Und das wäre ...?
!
Zieh
Shinni! Wie unhöflich !!!
Schock

!!!
König Yawen ...
Das ist ...
Die Wandelschuppe ...

Ich habe es eben bemerkt ...
Fwp
König Yawen ...
Seit wann ...?
Es ... steht mir natürlich nicht zu ...
... solch eine unhöfliche Frage zu stellen.
Aber Ihr habt sie ...
... Ruiying schlucken lassen, nicht wahr?
Ja ...

Ist das ...
... nicht überaus gefährlich?
Das muss Euch doch bewusst sein, oder?
Die Wandelschuppe ist Symbol Eures Versprechens.
Wieso habt Ihr dieses »Verlobungssiegel«, das sogar im Drachenclan selten genutzt wird ...
... bei Ruiying verwendet, die noch dazu aus einem anderen Clan stammt?
Wieso, fragst du.
Ich bitte Euch, König Yawen, aufrichtig zu antworten.

Ich bin ehrlich ...
Weil es mir recht ist, egal wie es ausgeht.
Egal wie es ...
Egal wie es ausgeht ...?!

Seit Ihr die Rattenprinzessin als Gefährtin erwählt habt …
… haben wir uns auf alles gefasst gemacht.
Egal, was auch kommen möge, wir werden Euch beide …
Wir werden König Yawen beschützen …
Doch so selbstsüchtig die Wandelschuppe …
… und damit Euer Verlobungssiegel einzusetzen …
Gnn
Meiyui …

Doch wenn Ihr Euer Leben der schwächsten Prinzessin anvertraut ...
... werden wir Euch nicht länger ...
... beschützen können!!!
Für unsereins ist der Gefährte absolut einzigartig.
Er ist die Hälfte von uns, mit der wir unser Leben teilen ...
Wenn wir unseren Gefährten finden ...
... können wir endlich das Verlangen unseres unerfüllten Herzens stillen, mit dem wir geboren werden und das sonst nichts lindern kann.

Aber das Verlobungssiegel ...
Wenn wir gegenseitig unsere Wandelschuppe schlucken, wird die Beziehung noch tiefer.
Auf diese Art wissen wir auch immer, wo sich unsere andere Hälfte befindet.
Jedoch ...
... wenn unser Unersetzbares stirbt ...
... haucht man auch selbst sein Leben aus ...
Für den Drachenclan ist dies also gleichermaßen ...
... eine wichtige, aber auch gefährliche Zeremonie.

Streich
Ich bin auch Shinnis Gefährtin ...
... aber ...
Meiyui ...
Was für einen ...
... Charakter diese Prinzessin hat ...
... oder ob sie mich überhaupt braucht ...
... war mir völlig gleich.

Aber den Gedanken, dass diese Wärme meinem Körper entrissen werden könnte …
Diesen Gedanken allein …
… konnte ich nicht ertragen.
Gnn
Wenn die Zeit gekommen ist, da Ruiying aus dieser Welt scheidet …
… selbst wenn ich ihr mein Verlobungssiegel nicht gegeben hätte …
… würde ich …
…

Zum ersten Mal habe ich ganz impulsiv gehandelt.
Ich wollte, dass diese Prinzessin …
… dass diese geliebte Prinzessin … … aus dem Rattenclan mir allein gehört.
Wenn ich nur mit Ruiying leben kann …

... brauche ich ...
... nichts anderes mehr.
Ich verstehe Eure Gefühle sehr gut, König Yawen.
Nichtsdestotrotz ...
... halte ich es für riskant, Ruiying, die aus einem anderen Clan stammt ...
... so schnell Euer Verlobungssiegel zu geben.
...
So wie die Dinge stehen, habt Ihr Euch damit in Gefahr gebracht.
Was das betrifft ...

…
Hi hi
ガタ Schock
ガタ Schock
?!
Hat König Yawen … Hat unser König Yawen soeben etwa gelacht?!
Er lacht, Shinni! Unser König Yawen!!!
Ich meine, was gibt es denn gerade zu lachen?!
Verzeiht, verzeiht.
Fassungsloses Ehepaar
Ich habe Ruiying heute Mittag gefragt …
… was sie über unseren Segen denkt.
Und sie meinte, er sei gewiss praktisch …
… dass sie jedoch lieber darauf verzichte, weil sie sonst vielleicht nicht mehr …
… allein zurechtkämen.
Das hat die Prinzessin des Rattenclans gesagt?

Ja.
Darüber hinaus hat die Prinzessin mich nach meinem Liebesgeständnis ...
... um Zeit gebeten, damit sie ...
... mich besser kennenlernen kann.
Ich finde, das war eine sehr angebrachte Reaktion darauf ...

Prinzessin Ruiying ist ...
... wirklich eine sehr gewissen-hafte Per-son.
Jawohl.
Diese Prinzessin ...
... ist ganz anders als all die anderen Prinzessinnen der Tierclans.
Zumin-dest ...
... empfinde ich das so.
König Yawen ...

Schnief
Ich bitte vielmals um Verzeihung, dass ich eben noch derart außer mir war.
Nicht doch, Meiyui.
Sei un-besorgt.
So oder so, Majes-tät.
Für mein Handeln macht dies keinen großen Unterschied.
An dem Tag, an dem Eure Gattin stirbt …
… werde ich bei Euch sein.
Ganz recht, Majestät.

Ich werde Ruiying ...
... mit meinem Leben beschützen.
Schon als wir klein waren ...
... habe ich den beiden nur Umstände bereitet ...
Damit uns das gelingt, müssen wir geheim halten, dass Prinzessin Ruiying sich hier aufhält.
Ja ...

Es wird unvermeidbar sein, dass es intern bekannt wird …
… aber wenigstens …
… vor dem Vogelclan sollten wir es …
Genau! Es darf nicht noch einmal …
… so etwas geschehen wie bei den Drachen-Vogel-Unruhen!

Jawohl
Das …
… darf unter keinen Umständen geschehen.

Flapp
Grins
Die Geliebte des Drachenkönigs
Eine Leseratte an der Seite Seiner Majestät
1 Ende

Die Geliebte des Drachenkönigs

Eine Leseratte an der Seite Seiner Majestät

Band 2 erscheint voraussichtlich im Winter 2022/2023!

Die Geliebte des Drachenkönigs zu sein, ist doof!
Den Mächtigen entgegenzutreten …
… ist Furcht einflößend.
Was für ein Gebiet ist das denn hier?!
Das Ziel des Mädchens …
… war es, sich in die Bibliothek zu schleichen.
Tataaa
Pyu
Pyu
Pyu
Tapp Tapp Tapp
Zack
Hah
Hah
Hah
Hah
Klack
Hopp
Oh Mann!
Hah
Was für ein Abwehrsystem !!!
Hah
Hah
Hah

Die Geliebte des Drachenkönigs zu sein, ist doof!
Eigentlich hätte Ruiying von König Yawens Haki getroffen werden müssen.
Doch das ist nicht geschehen ...
Bamm
Und zwar!!!
Weil Ihr seine »Gefährtin« seid !!!
Schock
W... Was soll das heißen?!
Wenn ich von jetzt an immer in Ohnmacht falle, zählt das erste Mal dann nicht?
Meint Ihr, das könnte passieren?
Er ist auch sehr gut ...
... in Magie.
Tata
Taaa

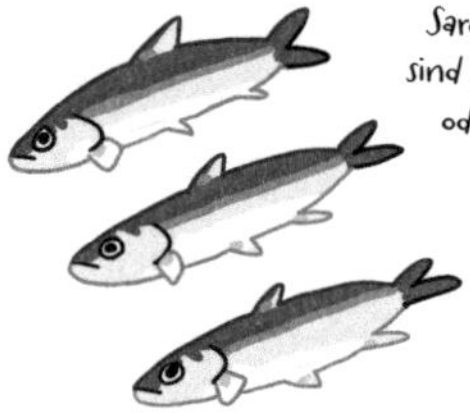

Akiko Kawano

Dank der Hilfe so vieler Menschen war es mir möglich, meinen ersten Band zu veröffentlichen. Ich würde mich sehr freuen, wenn ihr Spaß an der chinesischen Kemomimi-Fantasywelt habt, die Aki Shikimi da ersonnen hat. Ich danke euch für eure Unterstützung. Mein Lieblingsfisch ist die Seebrasse.

Die Geliebte des Drachenkönigs

Eine Leseratte an der Seite Seiner Majestät

Fantasy 13 +

Yuna aus dem Reich Ryukyu

Wataru Hibiki

Mit ihren roten Haaren und wundersamen Kräften hat es Yuna nicht leicht. Von den Menschen als ein arglistiges Geistwesen verschrien, bleibt ihr oft nur die Gesellschaft ihrer Wächterlöwen Shi und Sa. Zumindest bis sie auf den jungen König von Ryukyu trifft ...

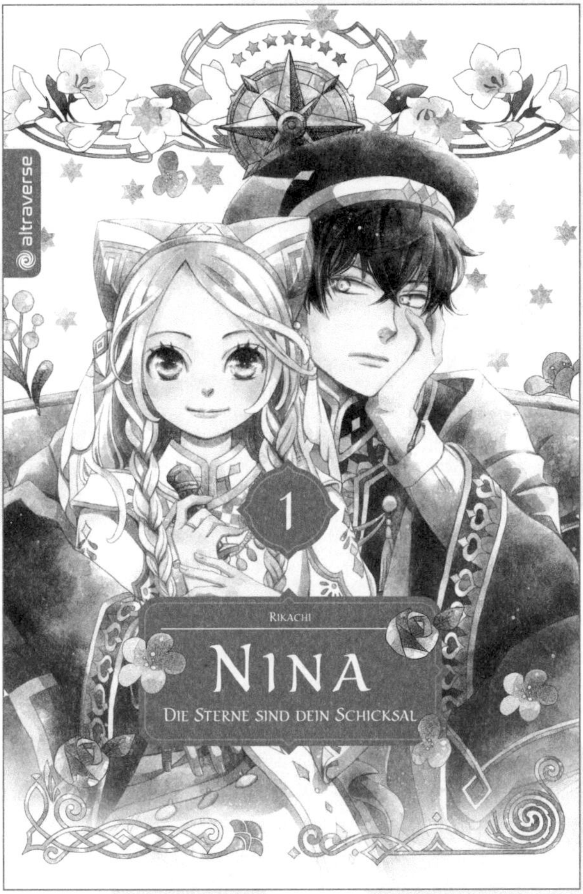

Nina – Die Sterne sind dein Schicksal

Rikachi

Nina hat bisher ein Leben als Diebin geführt. Doch als Prinzessin Alicia vom Königreich Fortuna ums Leben kommt, ändert sich alles. Da sie dieselben blauen Augen wie Alicia hat, wird Nina von Prinz Azur entführt und als Doppelgängerin eingesetzt. Nun muss sie nicht nur Manieren lernen und sich prunkvoll kleiden, sondern soll auch den Kronprinzen eines fremden Reiches heiraten. Ob sie ihr neues Schicksal erfüllen kann?

Fantasy 13 +

Die Legende von Azfareo

Shiki Chitose

Im Schloss des Königreichs Azfareo haust ein fürchterlicher Drache. Rukul wird auserwählt, ihm zu dienen. Das aufbrausende Temperament der Bestie verschreckt sie zunächst, doch sie bemerkt schnell, dass sich hinter seiner rauen Schale eine sanfte Seele verbirgt. Jedoch rankt sich um den Drachen und den verschwundenen König noch ein großes Geheimnis ...

Im Namen der Meerjungfrau

Yoshino Fumikawa | Miya Tashiro

Mio wurde mit den Fähigkeiten einer Meerjungfrau geboren! Doch Menschen mit besonderen Kräften werden in ihrem Heimatland Broggnig verstoßen. Ihr Vater, der König des Landes, zwingt sie deshalb, Medikamente zu nehmen, die sie für einige Zeit wie einen normalen Menschen erscheinen lassen. Doch langsam wachsen Zweifel in Mio. Ist das der richtige Weg?

Romance 13 +

Ein Zeichen der Zuneigung

suu Morishita

Als die gehörlose Studentin Yuki eines Tages in Schwierigkeiten gerät, kommt ihr ihr Kommilitone Itsuomi zu Hilfe. Yuki ist fasziniert von Itsuomi, da er sie trotz ihres Handicaps wie einen ganz normalen Menschen behandelt. Durch ihn beginnt sie nicht nur eine neue Welt zu entdecken, sondern bekommt auch zum ersten Mal Herzklopfen.

Romance 13 +

Küss den Kater!

Miko Senri

Erina ist hoffnungslos in Katzen vernarrt und wollte schon immer eine als Haustier haben. Eines Tages wird ihr Traum wahr, doch ganz anders, als sie es sich vorgestellt hatte! Sie rettet eine Katze, schmust mit ihr und schwups ... auf einmal steht ihr mürrischer Klassenkamerad Kou vor ihr?!

altraverse

Deutsche Ausgabe / German Edition
Altraverse GmbH – Hamburg 2022
Aus dem Japanischen von Larissa Bamberger

Redaktion: Ulrike Gatzke
Herstellung: Cathrin Hamester
Lettering: Vibrant Publishing Studio

Druck: CPI books GmbH, Leck
Printed in Germany

MIX
Papier
FSC FSC® C083411

ISBN 978-3-7539-0785-7
2. Auflage 2022

www.altraverse.de